5-1

くらしの形見

5-2

くらしの形見

5-3

くらしの形見

5-4

くらしの形見

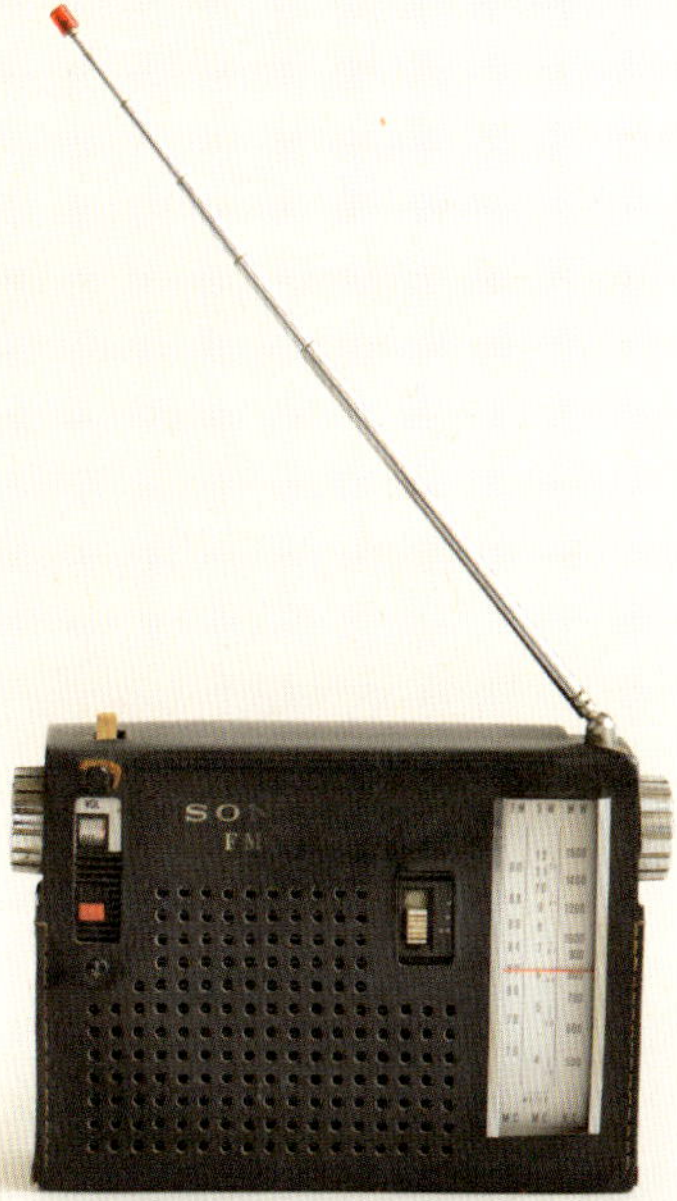

5-5

くらしの形見

5-6

くらしの形見

5-7

くらしの形見

5-8

くらしの形見

茨木のり子

MUJI BOOKS

くらしの形見 ｜ #5 茨木のり子

茨木のり子がたいせつにした物には、
こんな逸話がありました。

5−1 ｜ **年賀状**
年賀状は手づくりでした。この年は発泡スチロールを彫り込んだ
鳥の版画を手漉き和紙に押して、ふたりの甥っ子に宛てました。

5−2 ｜ **スペインの陶器**
「BLANCO」（スペイン語で白）と書かれた白釉薬のピッチャー。
古くてうつくしい民藝が好きで、旅先からも持ち帰りました。

5−3 ｜ **布のコースター**
東伏見の家のキッチンに残された木版染めの手織り布。
食卓のコースターとして、夏には麦茶やビールを縁取りました。

5−4 ｜ **食卓の椅子**
坂倉準三建築研究所がデザインした天童木工の曲げ合板チェア。
窓から光が射しこむ食卓で、いつもそこに座って詩作しました。

5−5 ｜ **トランジスタ・ラジオ**
書斎で手元に置いていたラジオはSonyのTFM−110。
50歳で学びはじめたハングルの講座をこのラジオで聴きました。

5−6 ｜ **Yの箱**
気に入っていた無印良品のクラフトボックス※に書いた「Y」は
急逝した最愛の夫、安信（Yasunobu）さんの頭文字。

5−7 ｜ **Yの箱の中**
箱の中にしまっていた詩稿は、亡き夫へ綴ったラブレターでした。
40篇近くからなる詩は、没後に詩集『歳月』として刊行されました。

5−8 ｜ **シンガー・ミシン**
裁縫はシンガー社の名機191Uで。家計をやりくりしながら、
好きな布地を買ってきて、日用品や夫の服を縫う主婦でした。

撮影 ｜ 永禮 賢、サイトウリョウ

※この製品は販売終了しています

目次

NORIKO 0

図版番号は、一五四ページの「逆引き図像解説」をご参照ください。

くだものたち

杏

信濃のあもりという村は　杏の産地
多くの絵描きがやってくる　私の心の画廊にも
小さな額縁がひとつ　その中で杏の花は
咲いたり　散ったり　実ったりする

葡萄

もぎたての葡萄は　手のなかで怯える

小鳥のよう　どの袋にも紫色のきらめきを湛え
少女の美しくも短い
ある期間のこころとからだのよう

プラム

夏はプラムを沢山買う
生きているのを確かめるため
負けいくさの思い出のため　一個のプラムが
ルビィよりも貴かった頃のかなしさのために

長十郎梨

お前を手に持って村道に現れる子供

縄の帯などしめて　鼻を垂らして
無骨なお前を齧るとほんとうに淡い甘さ
消えた東洋の昔話がさくさくとよみがえる

蜜柑

ある年の蜜柑の花の匂うときに
わたくしもはじめての恋をした
どうしていいのかわからなかったので
それは時すぎて今も幼い芳香を放ったまま

名前を忘れたくだもの

女房を質に入れても食べるという

名前は忘れた南の木の実
そんな蠱惑《こわく》に満ちた木がどこかに生えているなんて
絶望ばかりもしていられない

『見えない配達夫』一九五八年

NORIKO
1

NORIKO
2

スパイス

うるさいやつは　うるさいなりに
憎らしいのは　にくにくしげに
からみ癖は　からまり離れず
無神経は　むんずと土足

しかしそれぞれ味わい深く
私の人生のスパイスだった
複雑にコクあらしめてくれたもの
つつかれなければ出ない風味もあるのだった

そう思いつつも現在形は
強烈な香《こう》と辛《しん》とに辟易で
くんずほぐれつせめぎあい
何が何やらわからぬシチューよ

『寸志』一九八二年

NORIKO
3

部屋

簡素な机
木の寝台
糸ぐるま
床の上にはたったそれだけ

植物の繊維を張った
二つの椅子は
かるがると
壁にぶらさげられていた

今までに見た

一番美しい部屋
不必要なものは何ひとつない
或る国のクェーカー教徒の部屋

わがあこがれ
単純なくらし
単純なことば
単純な　生涯

今もなお　まなかいに
ふわりと浮かぶ二つの椅子
濃密な空気だけを
坐らせていた

『食卓に珈琲の匂い流れ』　一九九二年

SCRAP
BOOK

NORIKO
4

食卓に珈琲の匂い流れ

食卓に珈琲の匂い流れ
ふとつぶやいたひとりごと
あら
映画の台詞だったかしら
なにかの一行だったかしら
それとも私のからだの奥底から立ちのぼった溜息でしたか
豆から挽きたてのキリマンジャロ
今さらながらにふりかえる
米も煙草も配給の
住まいは農家の納屋の二階　下では鶏《とり》がさわいでいた

さながら難民のようだった新婚時代
インスタントのネスカフェを飲んだのはいつだったか
みんな貧しくて
それなのに
シンポジウムだサークルだと沸きたっていた
やっと珈琲らしい珈琲がのめる時代
一滴一滴したたり落ちる液体の香り

静かな
日曜日の朝
食卓に珈琲の匂い流れ……
とつぶやいてみたい人々は
世界中で
さらにさらに増えつづける

『食卓に珈琲の匂い流れ』一九九二年

誤算

あら　雨
あじさいがきれい
このブラウス似合います?
お茶が濃すぎるぞ
キャッ!　ごきぶり
あの返事は書いておいてくれたか
レコードもう少し低くして　隣の赤ちゃん目をさますわ

とりとめもない会話
気にもとめなかった　なにげなさ

それらが日々の暮しのなかで
どれほどの輝きと安らぎを帯びていたか

応答ものんびりした返事も返ってこない
一人言をつぶやくとき
自問自答の頼りなさに
おもわず顔を掩ってしまう
かつて
ふんだんに持っていた
とりとめなさの　よろしさ
それらに
一顧だに与えてこなかった迂闊さ

『歳月』二〇〇七年刊行

NORIKO
5

NORIKO
6

もっと強く

もっと強く願っていいのだ
わたしたちは明石の鯛がたべたいと

もっと強く願っていいのだ
わたしたちは幾種類ものジャムが
いつも食卓にあるようにと

もっと強く願っていいのだ
わたしたちは朝日の射すあかるい台所が
ほしいと

すりきれた靴はあっさりとすて
キュッと鳴る新しい靴の感触を
もっとしばしば味わいたいと

秋　旅に出たひとがあれば
ウィンクで送ってやればいいのだ

なぜだろう
萎縮することが生活なのだと
おもいこんでしまった村と町
家々のひさしは上目づかいのまぶた

おーい　小さな時計屋さん

猫背をのばし　あなたは叫んでいいのだ
今年もついに土用の鰻と会わなかったと

おーい　小さな釣道具屋さん
あなたは叫んでいいのだ
俺はまだ伊勢の海もみていないと

女がほしければ奪うのもいいのだ
男がほしければ奪うのもいいのだ

ああ　わたしたちが
もっともっと貪婪にならないかぎり
なにごとも始まりはしないのだ。

『対話』一九五五年

片栗粉茶サジ2をとり、いつ一番少なめの水を加え、そこへミジン切りのねぎとしょうがをよくまぜ合せておきます

4 にんじん、たけのこ、椎茸は、このままでは少しかたいので、ザーッと熱湯をかけます。軽くゆがいてもけっこうです

5 肉をボールにとり、塩をほんの一つまみふって、卵1コをわり入れ、片栗粉大サジ4、水大サジ1 1/2を入れてよくかきまぜ、肉にまぶします

6 ナベに油をたっぷりとって、強火にかけます。ためしに肉を入れると、すぐジューッといきおいよくアワがたつくらい熱くなったら、少しずつ肉を入れてゆきます。肉どうしくっつかないように、油をかきまぜながらこんがり黄色に揚げます

ここは、強火でザーッと揚げるのがコツです。表がカリッとこうばしく、なかはやわらかく揚げます

7 揚げ終ったら、ナベの油を大サジ2ほど残してほかへあけます

その油を熱くして、にんじん、たけのこ、椎茸を入れ、サッといためます。火は中火。ここへ揚げた肉、パイナップル、グリンピースを入れて、手早く全体に火を通します

8 そこへ、ねぎを入れ、きっちり合せておいたタレを入れてからめます。火をとめたあとあればゴマ油を茶サジ1ふりかけます

家族でスブタをおかずにするときは、その人分だけ材料をとっておいて、油をみて少しいため合せ、タレをからめてあげるとおいしくいただけます

さぐらいの長さに切ります。しょうがはミジン切り

3 さきにタレを作っておきます。

ボールに水大サジ4、しょう油大サジ3、酢大サジ3、砂糖大サジ3、日本酒大サジ2

NORIKO 7

はじめての町

はじめての町に入ってゆくとき
わたしの心はかすかにときめく
そば屋があって
寿司屋があって
デニムのズボンがぶらさがり
砂ぼこりがあって
自転車がのりすてられてあって
変りばえしない町
それでもわたしは十分ときめく

見なれぬ山が迫っていて
見なれぬ川が流れていて
いくつかの伝説が眠っている
わたしはすぐに見つけてしまう
その町のほくろを
その町の秘密を
その町の悲鳴を

はじめての町に入ってゆくとき
わたしはポケットに手を入れて
風来坊のように歩く
たとえ用事でやってきてもさ
お天気の日なら

町の空には
きれいないろの淡い風船が漂う
その町の人たちは気づかないけれど
はじめてやってきたわたしにはよく見える
なぜって　あれは
その町に生れ　その町に育ち　けれど
遠くで死ななければならなかった者たちの
魂なのだ
そそくさと流れていったのは
遠くに嫁いだ女のひとりが
ふるさとをなつかしむあまり
遊びにやってきたのだ
魂だけで　うかうかと

そうしてわたしは好きになる
日本のささやかな町たちを
水のきれいな町　ちゃちな町
とろろ汁のおいしい町　がんこな町
雪深い町　菜の花にかこまれた町
目をつりあげた町　海のみえる町
男どものいばる町　女たちのはりきる町

『見えない配達夫』　一九五八年

21
22
27
28
29
NEOPAN SS
33
34
35
NORIKO
8

汲む

——Y・Yに——

大人になるというのは
すれっからしになることだと
思い込んでいた少女の頃
立居振舞の美しい
発音の正確な
素敵な女のひとと会いました
そのひとは私の背のびを見すかしたように
なにげない話に言いました

初々しさが大切なの
人に対しても世の中に対しても
人を人とも思わなくなったとき
堕落が始まるのね　堕ちてゆくのを
隠そうとしても　隠せなくなった人を何人も見ました

私はどきんとし
そして深く悟りました

大人になってもどぎまぎしたっていいんだな
ぎこちない挨拶　醜く赤くなる
失語症　なめらかでないしぐさ
子供の悪態にさえ傷ついてしまう
頼りない生牡蠣のような感受性

それらを鍛える必要は少しもなかったのだな
年老いても咲きたての薔薇　柔らかく
外にむかってひらかれるのこそ難しい
あらゆる仕事
すべてのいい仕事の核には
震える弱いアンテナが隠されている　きっと……
わたくしもかつてのあの人と同じくらいの年になりました
たちかえり
今もときどきその意味を
ひっそり汲むことがあるのです

『鎮魂歌』一九六五年

わたしが一番きれいだったとき

わたしが一番きれいだったとき
街々はがらがら崩れていって
とんでもないところから
青空なんかが見えたりした

わたしが一番きれいだったとき
まわりの人達が沢山死んだ
工場で　海で　名もない島で
わたしはおしゃれのきっかけを落してしまった

わたしが一番きれいだったとき

だれもやさしい贈物を捧げてはくれなかった
男たちは挙手の礼しか知らなくて
きれいな眼差だけを残し皆発っていった

わたしが一番きれいだったとき
わたしの頭はからっぽで
わたしの心はかたくなで
手足ばかりが栗色に光った

わたしが一番きれいだったとき
わたしの国は戦争で負けた
そんな馬鹿なことってあるものか
ブラウスの腕をまくり卑屈な町をのし歩いた

わたしが一番きれいだったとき
ラジオからはジャズが溢れた
禁煙を破ったときのようにくらくらしながら
わたしは異国の甘い音楽をむさぼった

わたしが一番きれいだったとき
わたしはとてもふしあわせ
わたしはとてもとんちんかん
わたしはめっぽうさびしかった

だから決めた　できれば長生きすることに
年とってから凄く美しい絵を描いた
フランスのルオー爺さんのように
ね

『見えない配達夫』一九五八年

NORIKO
9

成分

張りがほしい
艶がほしい
みずみずしさがほしい
透明さも
言葉がそれらを備えて
漲るとき
詩が成るだろう
てんでばらばらの要素を一点に
集合させる磁場は何なのか?

あわよくば
機智も
哀しみも
涼しい色気も
粋《いき》なるものも包まれてありたいし
ひとつひとつ数えあげていったら
あれ
江戸期のお俠《きゃん》な辰巳《たつみ》芸者が
めざしたものなどに
似てきた

『寸志』一九八二年

NORIKO
10

娘たち

イヤリングを見るたびに　おもいます
縄文時代の女たちとおんなじね
ネックレスをつらねるたびに　おもいます
卑弥呼《ひみこ》のころと変りはしない
指輪はおろか腕輪も足輪もありました
今はブレスレット　アンクレットなんて気取ってはいるけれど
頬紅を刷《は》くたびに　おもいます

埴輪の女も丹《に》を塗りたくったわ

ミニを見るたびに　おもいます
早乙女《さおとめ》のすこやかな野良着スタイル

ロングひるがえるたびに　おもいます
青丹よし奈良のみやこのファッションを

くりかえしくりかえす　よそおい
波のように行ったり　来たりして

波が貝殻を残してゆくように
女たちはかたみを残し　生きたしるしを置いてゆく

勾玉や真珠　櫛やかんざし　半襟や刺子
家々の簞笥の奥に　博物館のかたすみにひっそりと息づいて

そしてまた　あらたな旅だち
遠いいのちをひきついで　さらに華やぐ娘たち

母や祖母の名残りの品を
身のどこかに　ひとつだけ飾ったりして

『食卓に珈琲の匂い流れ』一九九二年

顔

かくれ里
と呼びたいような
ずいぶんへんぴな山奥の村で道に迷った
岨道《そばみち》を通りかかった老女に尋ねると
やわらかなお国なまりで指さしてくれた
あねさんかぶりの手拭いの下の
ほのかな笑顔のよろしさ
媼《おうな》という忘れていたことばがぽっかり浮かび
まさか
山菜の精ではないでしょうね

女も
晩年に至って
こんなふうにじぶんの顔を造型できる人がいた
この里に
それを認めうるひと　ありやなし
あわてて
まばたきのシャッター
わが脳裡に焼きつけた
いつでも取り出せる
大切な一枚として

『食卓に珈琲の匂い流れ』　一九九二年

NORIKO
11

自分の感受性くらい

ぱさぱさに乾いてゆく心を
ひとのせいにはするな
みずから水やりを怠っておいて

気難かしくなってきたのを
友人のせいにはするな
しなやかさを失ったのはどちらなのか

苛立つのを
近親のせいにはするな

なにもかも下手だったのはわたくし

初心消えかかるのを
暮しのせいにはするな
そもそもが　ひよわな志にすぎなかった

駄目なことの一切を
時代のせいにはするな
わずかに光る尊厳の放棄

自分の感受性くらい
自分で守れ
ばかものよ

『自分の感受性くらい』一九七七年

怒るときと許すとき

女がひとり
頬杖をついて
慣れない煙草をぷかぷかふかし
油断すればぽたぽた垂れる涙を
水道栓のように　きっちり締め
男を許すべきか　怒るべきかについて
思いをめぐらせている
庭のばらも焼林檎も整理簞笥も灰皿も
今朝はみんなばらばらで糸のきれた頸飾りのようだ
噴火して　裁いたあとというものは

山姥のようにそくそくと寂しいので
今度もまたたぶん許してしまうことになるだろう
じぶんの傷あとにはまやかしの薬を
ふんだんに塗って
　これは断じて経済の問題なんかじゃない

女たちは長く長く許してきた
あまりに長く許してきたので
どこの国の女たちも鉛の兵隊しか
生めなくなったのではないか？
このあたりでひとつ
男の鼻っぱしらをボイーンと殴り
アマゾンの焚火でも囲むべきではないか？
女のひとのやさしさは

長く世界の潤滑油であったけれど
それがなにを生んできたというのだろう?

女がひとり
頬杖をついて
慣れない煙草をぷかぷかふかし
ちっぽけな自分の巣と
蜂の巣をつついたような世界の間を
行ったり来たりしながら
怒るときと許すときのタイミングが
うまく計れないことについて
まったく途方にくれていた
それを教えてくれるのは
物わかりのいい伯母様でも

深遠な本でも
黴の生えた歴史でもない
たったひとつわかっているのは
自分でそれを発見しなければならない
ということだった

『見えない配達夫』一九五八年

ARTURO
BENEDETTI
MICHELANGELI
広辞苑

NORIKO
12

倚《よ》りかからず

もはや
できあいの思想には倚りかかりたくない
もはや
できあいの宗教には倚りかかりたくない
もはや
できあいの学問には倚りかかりたくない
もはや
いかなる権威にも倚りかかりたくはない
ながく生きて
心底学んだのはそれぐらい

じぶんの耳目
じぶんの二本足のみで立っていて
なに不都合のことやある

倚りかかるとすれば
それは
椅子の背もたれだけ

『倚りかからず』一九九九年

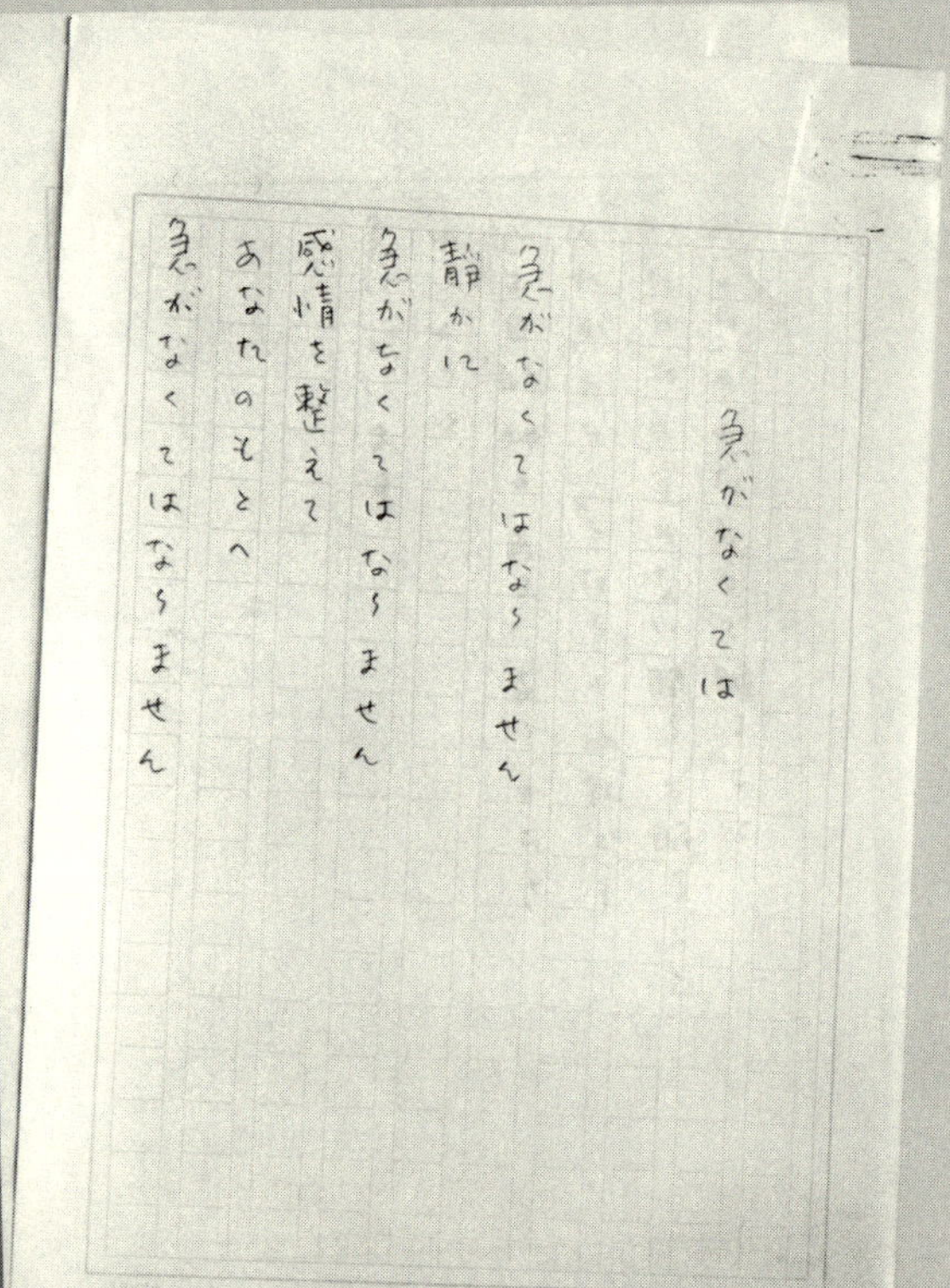
急がなくては

急がなくてはなりません
静かに
急がなくてはなりません
感情を整えて
あなたのもとへ
急がなくてはなりません

方言辞典

よばい星　それは流れ星
いたち道　細い小径
でべそ　出歩く婦人
こもかぶり　密造酒
ちらんぱらん　ちりぢりばらばら

のおくり
のやすみ
つぼどん
ごろすけ

考えることばはなくて
野兎の目にうつる
光のような
風のような
つくしより素朴なことばをひろい
遠い親たちからの遺産をしらべ
よくよく眺め
貧しいたんぼをゆずられた
長男然と　灯の下で
わたしの顔はくすむけれど
炉辺《ろばた》にぬぎすてられた
おやじの

木綿の仕事着をみやるほどにも
おふくろのまがった背中を
どやすほどにも
一冊の方言辞典を
わたしはせつなく愛している。

『対話』一九五五年

店の名

〈はるばる屋〉という店がある
インドやネパール　チベットやタイの
雑貨や衣類を売っている
むかしは南蛮渡来と呼ばれた品々が
犇《ひしめ》きながら　ひそひそと語りあっている
――はるばると来つるものかな

〈なつかし屋〉という店がある
友人のそのまた友人のやっている古書店
ほかにもなんだかなつかしいものを

いろいろ並べてあるらしい
絶版になった文庫本などありがたいと言う
詩集は困ると言われるのは一寸困る

〈去年屋〉という店がある
去年はやって今年はややすたれの衣類を
安く売っているらしい
まったく去年も今年もあるものか
関西らしい商いである

何語なのかさっぱりわからぬ看板のなか
母国語を探し探しして命名した
屋号のよろしさ
それかあらぬか店はそれぞれに健在である

ある町の
〈おいてけぼり〉という喫茶店も
気に入っていたのだが
店じしんおいてけぼりをくわなかったか
どうか

『倚りかからず』一九九九年

外燈

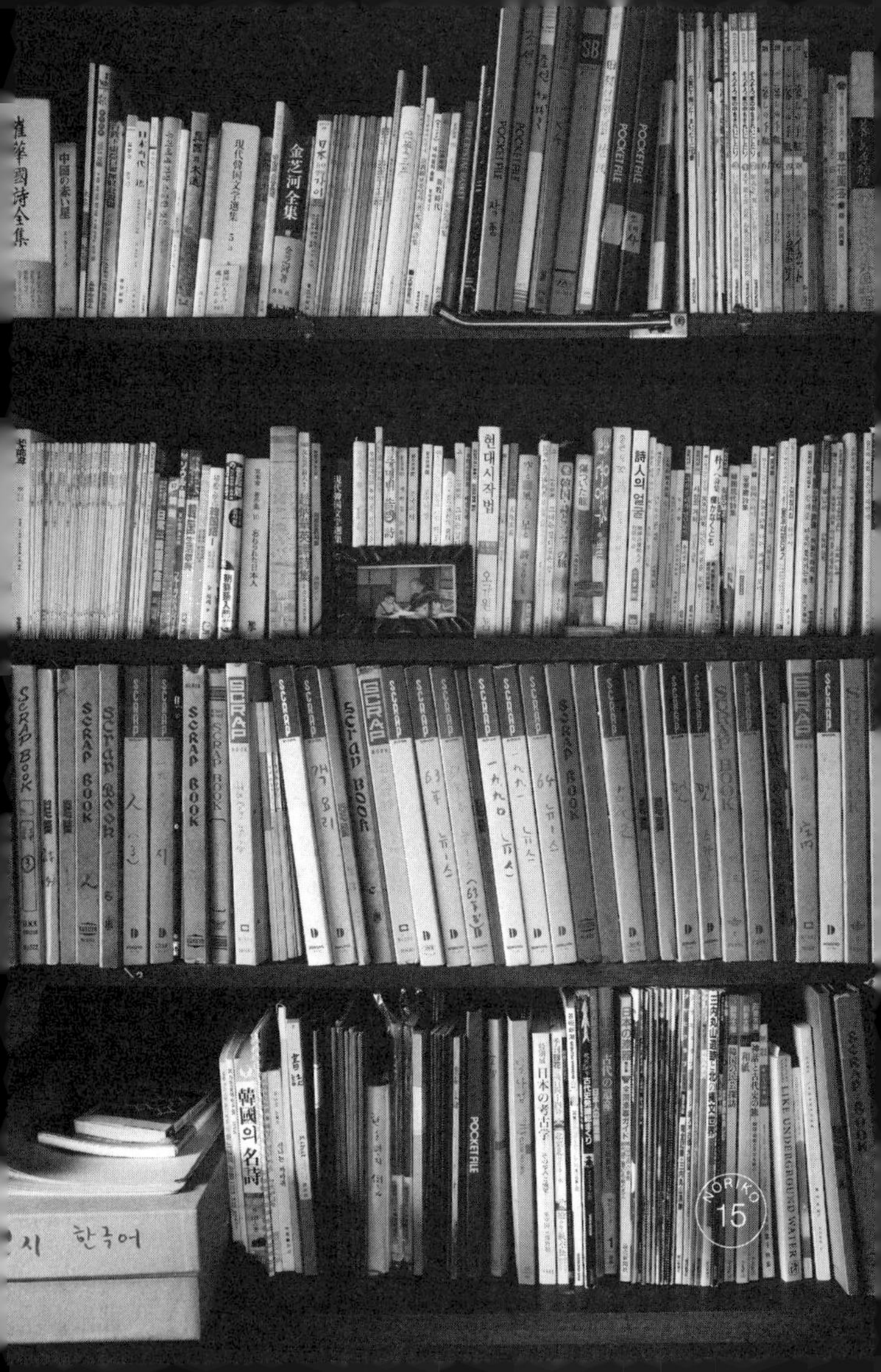
中國の赤い星
金芝河全集
現代韓国文学選集
POCKETFILE
현대시작법
詩人의 얼굴
SCRAP BOOK
韓國의 名詩
日本の考古学
LIKE UNDERGROUND WATER
한국어
NORIKO
15

詩集と刺繍

詩集のコーナーはどこですか
勇を鼓して尋ねたらば
東京堂の店員はさっさと案内してくれたのである
刺繍の本のぎっしりつまった一角へ

そこではたと気づいたことは
詩集と刺繍
音だけならばまったくおなじ
ゆえに彼は間違っていない

けれど
女が尋ねたししゅうならば
刺繍とのみ思い込んだのは
正しいか　しくないか

礼を言って
見たくもない図案集など
ぱらぱらめくる羽目になり
既に詩集を探す意志は砕けた

二つのししゅうの共通点は
共にこれ
天下に隠れもなき無用の長物
さりとて絶滅も不可能のしろもの

たとえ禁止令が出たとしても
下着に刺繍するひとは絶えないだろう
言葉で何かを刺しかがらんとする者を根だやしにもできないさ
せめてもとニカッと笑って店を出る

『自分の感受性くらい』一九七七年

ディズニイの国 6月号 (1963)

ビスケット工場

詩＝茨木《いばらぎ》のり子《こ》
え＝和《わ》田《だ》　誠《まこと》

白《しろ》いけむりが
もく　もく　もく
ぼくんちのそばの
ビスケット工場《こうば》
風《かぜ》のある日《ひ》はすてきだよ

ビスケット焼《や》くいゝにおい
バニラのにおい　ふわ　ふわ　ふわ
ミルクのにおい　ふわ　ふわ　ふわ

ABC《エービーシー》のビスケット
けむりのなかから出《で》てこい
どうぶつや　とりのビスケット
けむりのなかから僕《ぼく》んとこへこい

白《しろ》いけむりが
もく　もく　もく
ぼくんちのそばの
ビスケット工場《こうば》
風《かぜ》のある日《ひ》は困《こま》ります

ビスケット焼《や》くいゝにおい
原《はら》っぱこえて　ながれてきてね
麦《むぎ》ばたけこえ　ながれてきてね

パジャマをきてても
三時《さんじ》の気分《きぶん》
宿題《しゅくだい》してても
おやつの気分《きぶん》
野球《やきゅう》のときも
ボカンさん

NORIKO 16

賑々しきなかの

言葉が多すぎる
というより
言葉らしきものが多すぎる
というより
言葉と言えるほどのものが無い

この不毛　この荒野
賑々しきなかの亡国のきざし
さびしいなあ
うるさいなあ

顔ひんまがる

時として
たっぷり充電
すっきり放たれた日本語に逢着
身ぶるいしてよろこぶ我が反応を見れば
日々を侵されはじめている
顔ひんまがる寂寥の
ゆえなしとはせず

アンテナは
絶えず受信したがっている
ふかい喜悦を与えてくれる言葉を
砂漠で一杯の水にありついたような

忘れはてていたものを
瞬時に思い出させてくれるような

『寸志』 一九八二年

N
Y

みずうみ

〈だいたいお母さんてものはさ
いいい
しいん
としたとこがなくちゃいけないんだ〉

名台詞を聴くものかな！

ふりかえると
お下げとお河童と
二つのランドセルがゆれてゆく
落葉の道

お母さんだけとはかぎらない
人間は誰でも心の底に
しいんと静かな湖を持つべきなのだ

田沢湖のように深く青い湖を
かくし持っているひとは
話すとわかる　二言　三言で

それこそ　しいんと落ちついて
容易に増えも減りもしない自分の湖
さらさらと他人の降りてはゆけない魔の湖

教養や学歴とはなんの関係もないらしい

人間の魅力とは
たぶんその湖のあたりから
発する霧だ

早くもそのことに
気づいたらしい
小さな
二人の
娘たち

詩集未収録作品　一九六九年

わたしの叔父さん

一輪の大きな花を咲かせるためには
ほかの小さな蕾は切ってしまわねばならん
摘蕾《てきらい》というんだよ
恋や愛でもおんなじだ
小さな惚れたはれたは摘んでしまわなくちゃならん
そして気長に時間をかけて　一つの蕾だけを育ててゆく
でないと大きな花は咲かせられないよ
これこそ僕の花って言えるものは

夏休みに集った小さな子らに

彼は弁じたてていた
ろくすっぽ聴いてもいなかった小さな子らの
何人がいま覚えているだろう

光叔父さんは逝ってしまった　光りすぎたわけでもないのに
大輪の花はおろか　小さな花一つ咲かせずに
結核菌に　たわやすく負け
三十五歳の独身のまま
高名だけで手に入らないストレプトマイシンに憧れながら

サン・テグジュペリを読んでいたら
狐がしゃべくっている
「あんたが　あんたの一本のばらの花を

とても大切に思っているのはね
そのばらの花のために時間を無駄にしたからだよ」

似たような考えが人間の頭をよぎるものだ
二人は座敷わらしとナルシサスぐらいに違っていたのに

サザン・クロスのした
一人のアフリカの少年の心に
いま　ひらめいたかもしれない
同じような考えが
Le petit prince を読まなくったって

『人名詩集』一九七一年

問い

人類は
もうどうしようもない老いぼれでしょうか
それとも
まだとびきりの若さでしょうか
誰にも
答えられそうにない
問い
ものすべて始まりがあれば終りがある
わたしたちは
いまいったいどのあたり?

颯颯《さっさつ》の
初夏《はつなつ》の風よ

『食卓に珈琲の匂い流れ』一九九二年

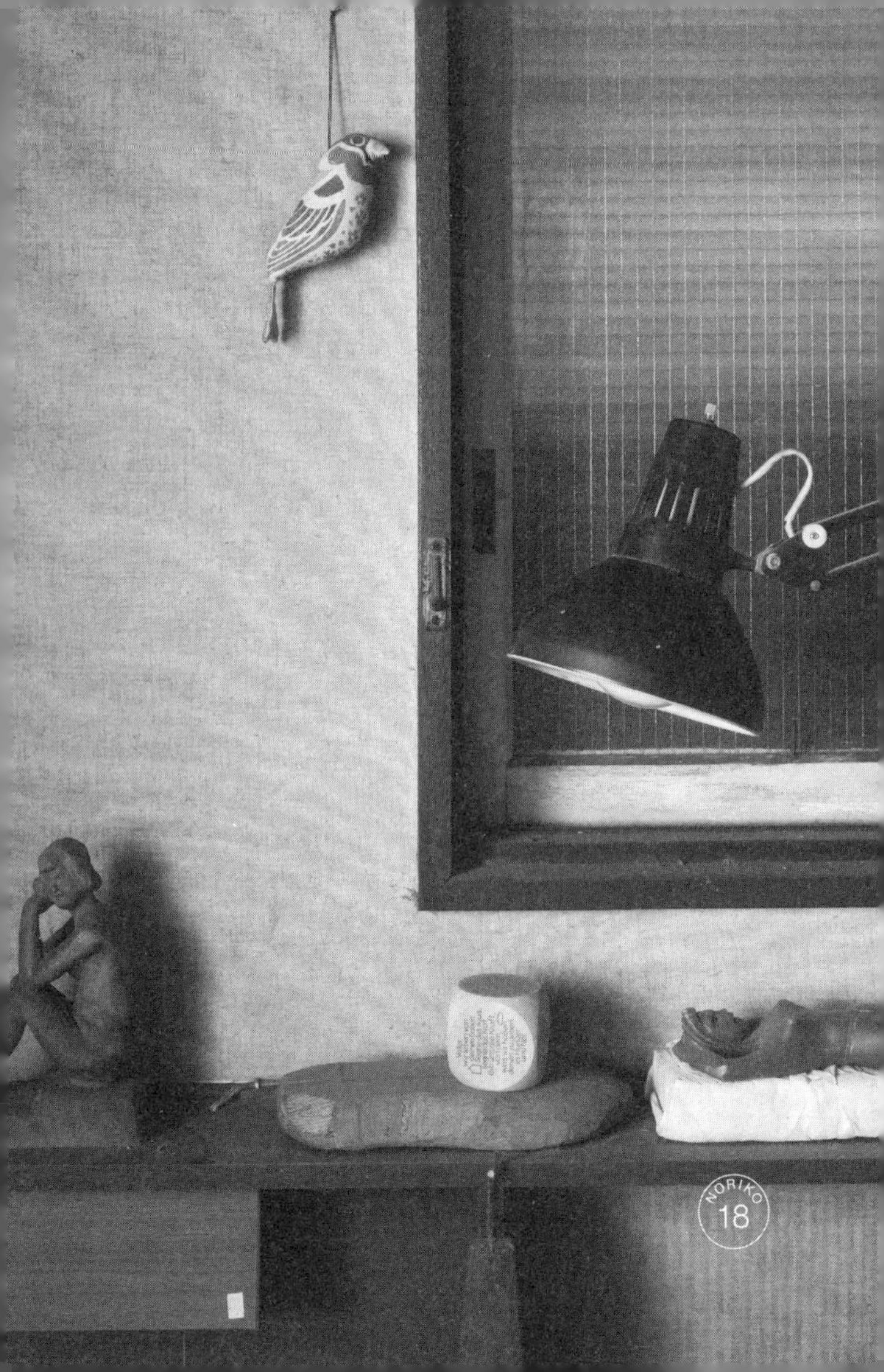
NORIKO
18

美しい言葉とは

私のいやな言葉、聞きぐるしいと思っている日本語は無数にある。出せといわれたら、ずいぶん沢山出してみせられるだろう。

日本語について多くの人が語る場合も、たいていは、その否定的な面を指摘することで尽きている場合が多い。いやな日本語を叩きつぶせば、美しい日本語が蘇るというものでもないだろう。否定的な側面を指摘するのと同じくらいのエネルギーで、美しい言葉に対する考えをかきたてゆきたいし、多くの人の、いろんな形による発言を聴きたいものだという願いが、私にはある。

しかし、美しい日本語に対する発言や考察が、ひどく乏しいというのは、どういうことなのだろう。まずいものを食べたときは「まずい、まずい」と大騒ぎするが、おいしいものの通過するときは、割にけろりとしているように、美しいことばというものは、生活の隅々で意識されず、ひっそりと息づき、光り、掬いがたいものであるためか。

それとも美しい言葉とはどんなものか？　というイメージが、私たちにきわめて貧しいためなのだろうか。

そしてまた、いやな日本語で一致点を見出すよりも、美しい言葉で一致点を見つけ出すことの方が、今日、はるかに困難なのを暗黙裡に悟っているためなのだろうか。

文学者の場合は、答は、はっきりしている。美しい言葉を掴み出そうとして、四苦八苦したありさまと成果は、その作品をみれば明らかだから……。

ここで触れたくおもうのは、なるべく文学作品は避けて、もっと身近な、日々空気のように必要な言葉たちのなかから、幾つかの例をとりだしてみたいのである。生まれてこのかた、私もずいぶん長いこと日本語を聴いてきたわけだが、私なりの「美しい言葉とは」というものが、いろいろに沈澱してきている。おもに女のひとの言葉を例にとりつつ、少し整理してみたい。

いつまでも忘れられない言葉は、美しい言葉である――二つは殆んど同義語のように私には感じられてならない。忘れられないというのは、よくもわるくも一人の人間のまぎれもない実在を確認した、ということを意味するのかもしれない。たとえこちらの胸に刺のように突きささっているものであっても。

また、人間の弱さや弱点を隠さなかった言葉は、おおむね忘れがたいし、こちらの胸にしみとおる。このことは既に子供の頃から感づいていて、だから「さらけだす必要もないが、しかし、自分の弱さを隠すな」と、ずいぶんと自身に言いきかせてきたのだが、過ぎこしかたを省みると隠蔽の気配のみが濃いようだ。

学者、作家が入りまじっての座談会などで、作家の言葉の方が俄然、精彩を放っていきいきと感じられるのを、何度も見聞してきたが、これは学者に比べ、作家の方が自分の弱さを隠さないという修練ができている賜物なのだろうと思う。

整理されたなかに、未整理の部分を含んだ言葉も、或る緊張を強いて美しい。もともと人間は、そういう存在だからだろう。

語られる内容と、言葉とが過不足なく釣合っている場合も、きわめてこころよい。政治家の言う「小骨一本抜かない」「衿を正す」などは、なんらの実体も感じさせない点で下の下である。言葉は浮いてはならないのだ。

鷗外の短篇「最後の一句」は、言葉の発し手と、受け手とが、ぴたり切りむすんだ時、初めて言葉が成立するという秘密を、あますところなく伝えてくれている。全身の重味を賭けて言葉を発したところで、受け手がぼんくらでは、不発に終り流れてゆくのみである。言葉を良く成立させるための、条件というものがあるらしいのだ。戦後の幾つかの大きな裁判は、これらの条件が如何に欠けていたかを教えてくれる。

何項目にも分れてしまう、いろんな考えのなかから、私の最も大切に思われるものを、次に三つ挙げてみたい。

第一に、その人なりの発見を持った言葉は美しいと思う。どんな些細なことであっても。

知りあいの女性が或る日、ぽつんと「うちの亭主のいいところは、まるで野心というものを持たないことだわ」と言った。投げやりではなく、諦めでもなく、夫の美点をまことに慈むような言いかただった。女はなべて、野心に猛り闘志満々の男に惹かれるものだという公式的な観念を、さりげなくぶち破っていた。ひどく新鮮に響いたのは、あとで考えると、彼女なりの発見がこちらを打ったのであろう。自己顕示欲でぎらぎらしているような、また拝金主義でへとへとのような世相に対する抵抗も含まれているようであった。

野心を持たず、しかし、やるべきことをやって素敵な男性というものは、この世に多いのだが、女性によって良く発見されているとは言えない。能なしとか働きが悪いとかで片付けられているのが落ちである。こういう、さらりと涼しい言葉が出てくる基盤として考えられるのは、彼女もまた共に働いているからではなかったろうか。

十年も前に出た加藤八千代詩集『子供の夕暮』のあとがきには、こう書いてある。

大人とは　子供の夕暮ではないのか。

これもまた、私には一つの発見に思われた。もっともこういう考えは、これまでにも沢山あったかもしれない。だから加藤八千代の発見はむしろ「子供の夕暮」という言葉のなかにあったという方が正当かもしれない。

躾けられ、仕込まれた子供が、やがて一人前の大人になって成熟してゆく――この過程を誰も本気に疑ってみようとはしないけれど、本当は人間存在の輝きを放つのは、子供時代から青春前期くらいにかけてであって、それが次第にくだらなく黄昏れていったのが大人かもしれないではないか。

この一行は、折にふれて、この十年あまりひとつのメロディのように私のなかで鳴る。時に反撥し、時に素直になり、いまだにゆれ動いていて決着がつかないが、「大人は子供の夕暮ではない」とほんとうは言いたいのだ。が、当面、自分を実験台にのせて、もう少し様子をみる外はない。世界的な規模で「教育」というものへの若者の反撃が始まっているのも、なんだかこの一行とも無関係ではなさそうである。

第二に、正確な言葉は美しい。正確さへのせめて近似値に近づこうとしている言葉は美しい。研究論文であっても、描写であっても、認識であっても。

文学的な正確さは、ふつう言う意味の正確さとは、一寸次元を異にしていて、これもきわめて大切なものだが、ここでは触れない。

私が二十歳の頃、田舎のある家を訪ねたことがあった。主人に用があったのだが、初老の奥さんが出てきて、静かに言った。「主人は今、ちんぼの裏っぽに腫瘍《できもん》ができて、伏せっとります」私は仰天し、あとは、しどろもどろとなったが、当時きわめてはしたなく思われた言葉も、今となってみると、置かれた状況を説明するに正確無比、要らざる憶測を避けるという意味で間然するところがない。部位の名称が、あまりにあどけない幼児語ではあったけれども。

これは私のなかで、いつしか美しい言葉の部類に昇格した。と言っても人を納得させるわけにはいかないだろう。この夫人は小学校しか出ていない人だっ

櫂
X

たが、品格があり、教養とはこういうものかと思わせるものが身に添っており、しんと落ちついていて、私の好きなひとだったのだが、その人柄を抜きにして、言葉だけでは何もわからないに等しいからだ。このことから私は考える。言葉とは、その人間に固有のもので、とうてい切離すことができないのではなかろうか。

美しい言葉だと聴いて、そっくりそのまま真似してみても、その人と同じ美しさを維持することは絶対に出来ない。彼女の言葉も、他の人が言ったのであれば、このように忘れがたくは残らなかったような気がする。「文は人なり」と同じように「言葉は人なり」で、人格の反映以外のなにものでもない。普遍的に美しい言葉などというものはあるのだろうか。非常に疑わしいのである。「……でございます」という、非のうちどころのないと思われている一言さえ、発する人次第で、爽やかにも、また叫び出したいくらい、まだるっこしくも感じとられるのは、こわいくらいである。

後日譚になるが、この老夫人の夫が癌にかかった。何度も手術をし胃潰瘍ということにしてあったが、夫は荒れに荒れた。医師を罵り、附添いの人に当った。曖昧さが我慢ならなかったのだろう。それを見定めた老夫人は、やはり静かに夫にむかい、癌であることを告げた。夫は一夜、まんじりともせず天井を睨めつけていたそうだが、明けがた「すまなかったな」と一言わびて、以後いい病人となり、ごく平静に死を迎えたそうである。人によって考えかたもまちまちだろうが、自分の命にとどめを刺した病名ぐらいは確認して、逝きたいと願う人も無い筈はない。夫妻ともどもに正確さへの志向を強く持っていた人たちだった。何故かはしらねども、人間は正確さへ正確さへと遡りたがる動物である。それを満足させられたとき、「美」と感受するものが人間にはある。

第三に、体験の組織化ということがある。これは人間の言葉を、言葉たらしめる一番大切な要素に思われる。これさえうまく出来ないとすれば、たしかに「大人は子供の夕暮」なんだ。

日本人の数すくない美点の一つとして、記録愛好癖があげられると、かねがね私は思っている。あらゆる階層にわたって、日記、メモを書き続ける人口の多いこと、多種の記録が大切に保存されること、古い庄屋の蔵から江戸時代の大福帳など現れて、大いに研究に資するのこと、流人となって流された島でまですぐれたルポルタージュを書き残した庶民があったこと、正史の途だえた部分を公卿の日記が期せずして埋めたりしていること等々。

よほど読んだり、書いたりすることの好きな民族であって、他民族との比較の上でも、かなり上位を占めそうに思う。ひょっとしたら第一位かもしれない。これらは、自分の生きたことをかなり大切に扱ってきた、また扱いつつある証拠だろうが、惜しむらくはそれらのことどもが、あざなえる縄のごとくに、うまくよじりあわされてこなかったことだ。結果としては、行雲流水、てんでばらばらに散らばっているのである。いにしえより、これだけの記録愛好癖を持った民の言葉が、力強さや、ずしりとした重味に欠けているのは、体験の組みたてに、自他の体験の組織化に大いなる欠陥があったのだとしか思われない。

思わず悲観的になってしまったが、それはこの小文の主旨ではなかった。体験の組みたての、まことにすぐれた例として、一つの詩を紹介したい。

崖

石垣りん

戦争の終り、
サイパン島の崖の上から
次々に身を投げた女たち。

美徳やら義理やら体裁やら
何やら。
火だの男だのに追いつめられて。

とばなければならないからとびこんだ。
ゆき場のないゆき場所。
（崖はいつも女をまっさかさまにする）

それがねえ
まだ一人も海にとどかないのだ。
十五年もたつというのに
どうしたんだろう。
あの、
女。

この詩は一九六八年刊、石垣りん詩集『表札など』に収められている。この詩を読みつつ最終連に至ったとき、私の眼はそこに釘づけになった。衝撃を受けつつ、何度もくりかえし読んだ。第二次大戦をテーマとした詩は多いが、「崖」はたぶん、もっともすぐれたものの一つになるだろう。

辞書をひかなければわからないという言葉はなく、詩的修飾もまるっきり施されてはいないのだが、しかし、きわめて難解な詩だともいえよう。

最終連の、物体としての女は確かに海へ落ちたのだが、実体としての女は落ちず、行方不明なのだということがわからなければ……。私の考えによれば、行方不明の女の霊は、戦後の私たちの暮しのなかに、心のなかに、実に曖昧に紛れ込んだのだ。うまく死ねなかったのである。自分の死を死ねなかったのである。

そのことを海は、発言しているわけなのだろう。サイパン島玉砕をテーマとしながら、この詩はさまざまな思考へと私を導く。現在でも交通事故で奪われた幼児の生命、心ならずも不自然に中断を余儀なくされた生命たちは、行方不明のままさまよっているのではないか……私たちのなかに。

そして私たちがわれらの文化と呼び、伝統と指しているものも、実はこれら行方不明者たちの捉えがたい怨み、曖昧な不燃焼のことではなかったのか。

この詩は戦後十五年の時点で書かれたことがわかるが、美しくも凄味のある言葉を生んだのは、戦後間もなく公開されたサイパン島玉砕の記録映画（アメリカ側による）をたぶん、石垣りんが見てのち、十五年近くもそのショックを

NORIKO
20

持続させてきたことと、その体験をみずからの暮しの周辺のなかで、たえず組みたてたり、ほぐしたりしながら或る日動かしがたく結晶化させたものだからだろうと思う。

私もこの実写記録を見た。子供を抱え、あるいは一人で、何人もの女たちが崖から海へ棒のように落下した。望遠レンズを使って映したらしいそれは、白昼夢のように滑稽で、たよりなげで、異様でもあった。「あれは私だ！」という痛覚もあった。あの日そこに居たなら自分も間違いなく飛びこんでいた筈だから。ただ私はこの体験をうまく組みたてられなかったから尚のこと「崖」という詩に感動するのである。

この詩を読むと、体験の組織化だけではなしに、「発見」「表現の正確さ」をも兼ねそなえていることがわかる。この詩に限らず私がはたと立止ってしまった美しい言葉たちは、おおむねこの三つくらいの要素が重なりあっている場合が多い。

ふつう一般の日常会話もそうだが、また、文学作品についても当てはまることだろうと思う。すくなくとも私はそうである。発見のない、表現の不正確な、体験の組織化の果されていない作品は読むに耐えない。

以上、言葉を生む母胎のようなものばかりに触れてきたが、実際、私は人の話を聴く場合、現れた言葉の形、形式には殆んどこだわらない。こだわらなさすぎて困るぐらいである。もう少し、こだわるべきかと思っている。文法的におかしいことや、自分の行為にうっかり敬語をくっつけてしまっているのよりも（避けられればそれにこしたことはないが）むしろ内容の方がはるかに気にかかるのである。乱れていようが、珍妙であろうが「ああ、久しぶりに人間の言葉を聴いた」という、一種のよろこびを呼びさましてくれるものを、私は美しい言葉だと思っている。

それは傑出した人の傑出した言葉とのみは限らない。新聞の投書欄のなかに、行きずりの人のことばのきれはしに、友人とのだべりや批判のなかからも得ることはできる。

ただ年々、それらは乏しくなってきつつあるような気がしてならない。人々はあまりに忙しすぎるのだ。

毎日誰かしらと話している。

毎日何かしらを読んでいる。

毎日なんだかんだの日本語を聴いている。

言葉の渦であり、言葉の氾濫、洪水であり、日本語の賑やかなこと驚くべきものだが、その実おそろしく、一人の人間の鮮烈な言葉にゆきあたらない、ということなのだ。

打合せのための事務的な言葉、利害を分ちあうための暗号、記号、符牒のようなものはとびかう。政治家の煮たか焼いたかわからないような言語料理法、コマーシャルの白髪三千丈的な大袈裟さ。いまはやりの「接触する」「……という感触があった」などが示しているように昆虫の触角のふれあいのような、また小当りに当ってみるという痴漢を連想させるような妙ないいまわし。こんな言葉のなかからは、もはや人間の交流など望みうべくもない。

NORIKO
21

都会地でそれらは一層はげしいが、都会の人々がやたらに旅にあこがれるのも、地方にはまだ人間のことばが残っていそうに思われ、ことばの平常心、ことばの健やかさが何気なく匂っていそうに思われて、それに触れたいという無意識の願望も隠れているのではないだろうか。

言葉は耳のまわりを、目の前を飛びかい、なんとか人の心に痕跡を残したいと騒ぐが、受けとり手はただただ馬耳東風にきき流してしまっている。人の話すことに好奇心なり関心なりを動かさなくなるとき、それが老化現象の第一歩だと思うが、社会現象としての老化徴候は言葉だけから見ても深く静かに進んでいて、既に老人のような若者もいっぱいだ。

かくいう私自身も、大事なことくだらぬことひっくるめて、もう沢山、聴く耳もたぬという態度になっていることがかなり多くて、その怠惰さにハッとなることがある。こうしたことが習い性となると、たぶん自分の発する言葉もきわめて安易な出かたをするようになるだろう。それもまた人々によって馬耳東風にきき流されてゆくだろう。

「言霊の幸ふ国《さきはふくに》」などと勝手にきめてきたわけだが、それにしてもこうしためったやたらな溢れかえりを指したものではなかった筈である。一人の人間のなかに長い間あたためられ、十分に蓄電されて、何かが静かに身を起し、ぽっと燈りのつくような、言葉が幸《さち》そのものを呼びよせてしまうような、あるいはまた鋭い電流が一瞬に走り出すような、言語機能の不可思議さ、不可知さを言霊と名づけたものだろうが、この魅力ある霊《たま》の所在を示すような言葉に、なかなか行きあえないことをひしひしと感じる。

またしても暗くなったが、やむをえない。「言葉の不在」は、まっすぐに「人間不在」につながるもので、考えてみるとひどくおそろしいことである。けれど毎日毎日を、そらおそろしやと思って暮しているわけではけっしてない。ある日、ある時、美しい言葉に出会った瞬間、愕然とそのことに気づかされるのである。

「図書」一九七〇年

Un tempo lontano, quando avevo sei anni,

ものに会う　ひとに会う

ソウル

ソウルの仁寺洞《インサドン》は骨董屋街として知られているが、取り澄ましたところがなく、いたってきさくな店々が軒を並べている。

この通りを歩いているとき、ピカッと光る店を一軒みつけた。金属工芸の店である。だから光っていたというわけではない。いいものは探さなくても向うから働きかけてくるという経験は今までにも沢山あって、ウィンドウの飾りつけを見ただけで「これは！」という予感がして「阿園《アウォン》工房《コンバン》」と書かれた扉を押して、吸いよせられるように入っていった。

銅細工が多いが、骨董品ではなく、ニュークラフトといっていい作品が並べられている。ところ狭しと並べられている銅製品が、お互いに殺しあわず、むしろ相乗作用を果し、ささやきかわしているような、しっくりとした空間を形づくっている。

燭台が多かったが、その一つに目が釘づけになった。直径八センチばかりの花型の燭台。直径四センチほどの蠟燭《ろうそく》がすっくと立ち、蠟なんかいくら垂れても平気という安定感がある。蠟燭を抜いてみると心棒は五センチほどの長さ、がっちりとしている。大きな蠟燭を立てる燭台にはなかなかいいものがないのだ。これは絶対買わなければならない。日本円に直して約二千円ぐらい。

戦中派の私はまた、停電世代とも言え、若い頃にはなにかと言えば停電になった。そしてまた空襲時には暗幕をひいて電気を消し、小さな蠟燭の灯の下でごそごそ動いていた。そのせいかどうか、およそ停電などなくなった今も、部屋の一隅に燭台がないと落ちつかない。各部屋に燭台がある。

昔ながらの蠟燭の灯は、ひとを落ちつかせる何かがあるようで、レストランでも夕食時には電気を消し、蠟燭の灯りだけで食べさせる店も多い。

それでなにかと燭台には関心が深かったのだが、デザインはともかく実用の具としては「はなはだ遺憾」という感想を常日頃持っていた。蠟燭がまっすぐ立たない燭台のなんと多いことか。この阿園工房で初めて、実用と良きデザインの合致した心にかなう燭台にめぐりあえたおもいがした。

買物をしてからも、いささか興奮しつつあれこれ眺めていると、店番の娘さんが「お茶でもどうぞ……」と、コの字型に奥まった一隅に誘ってくれた。

「ちょうど今、お坊様《スニム》がお茶を持ってきてくれたから」

と、湯ざまし器も使って本格的に煎茶を出してくれた。見ていると、僧、尼僧の出入りも多い。

「寺院と何か関係があるのですか?」

と聞くと、

「注文を受けて燭台をつくったりもするけれど、特に関係はない」

という。三人づれの奥さんたちが入ってきて、彫金の指輪やペンダントなど見て、お茶を飲んで、しばし談笑して帰ってゆく。

この小さな一隅は、ソウルに来たらちょっと立ち寄って休んでゆきたい泉……といった雰囲気を漂わせているのだった。

私のような一見《いちげん》の客、なじみ客、だべってだけ行く客、雑多な人々をたった一人でさばいているのは盧仁貞《ノインジョン》という娘さんだった。

立てこんできても取りのぼせたりもせず、物静かで、ひとを包みこむようなやさしさがあり、売らんかなのところが少しもない。

若いのに不思議な女性もいるものだ。さっきから聞きたかったことを尋ねてみる。

「この銅製品はどなたが作っているのですか？」

「私の姉です」

「ええ？　女性？」

なんでもソウルの郊外に工房を持ち、そこで暮しているという。この燭台の作者にぜひとも会ってみたくなり、地図を書いてもらって、日を改めて訪ねてみることにした。

ソウルの郊外と言っても、ソウルの東、楊平《ヤンピョン》郡というところで、車で一時間半ほどかかる。漢江の上流の南漢江沿いの道で、たっぷりの水量の大河は流れているとも見えないゆるやかさ。時に入江のように陸に入りこみ、またほぐれ、河の中ほどにはいくつもの浮洲が点在し、芽ぶきはじめの柳がゆれて、ほとんど南画の世界である。

風景に見とれているうちに道に迷い、うろうろ二時間以上もかかって、ようやくめざす느티나무마을《ヌティナムマウル》（けやき村）に辿りついた。けやきの木が多いというわけではなく、目じるしになるけやきの大木が一本あり、正式の地名ではないらしい。けれどけやきの村というのが一番ふさわしいような静かな山村である。

小高い山をあえぎあえぎ登って行くと、中腹を切りひらいた盧《ノ》さんの工房がみえた。

盧仁阿《ノイナ》さんは三十三歳だそうだが、二十代にもみえるうら若く清楚なひとで、勝手に逞しい中年女性を想像して行ったので、めんくらってしまったのだが、気持よく工房を案内して下さった。

住宅に隣接した工房では、青年の助手二人が銅板をとんとん叩いている。日本ではたしか「打ち出し」という技法だと思うが、こちらでは何と言うかを尋ねてみると、

「두들 김《トゥドゥルギム》」という答が返ってきた。やたらめったら打ち叩くのが두들 기다《トゥドゥルギダ》だから、その名詞化である。どうも打ち叩く擬音からきているような気がしてならない。華奢《きゃしゃ》な盧さんが重そうな金槌で、一枚の銅板をやたらめったら打ち叩いて形を作っているのは、ちょっと痛々しいぐらいの眺めである。
ガスバーナーによる溶接もあって、打ち出しと溶接だけで大半のものは作りあげてしまうらしい。朝九時から夜七時までの仕事だそうだが、この工房にはなぜか清新の気が溢れている。

オンドルのほのかに暖かい盧さんの部屋で、いろいろ話を伺った。公州《コンジュ》大学の美術科卒で、はじめは絵を描いていたのだが、金属工芸をやっている先生がいて、それが面白くて、二十五歳の時こちらに転じたという。すると約八年のキャリアである。気がついたら三十三歳になっていた。そしてまだ独身。静かな田舎に工房を持つのが夢だったが、昨年やっとその願いがかなえられたのだと。

公州は百済の故地で、百済の美術工芸が持っていたなんとも言えない優美な線を盧さんの作品にも感じてしまう。それを口にすると彼女は肯定も否定もしなかった。公州は育ったところで、生まれは京畿道《キョンギド》、古いものも見ることは見るが、今作っているのはすべて創作だと言う。

古代からの金工文化の伝統が、盧さんという若い女性によって、新しくまた生まれ変ろうとしているように見えるのは、私が異国人のせいなのだろうか。なにげなく置かれた木の椅子、壁面に墨で大胆不敵に描かれた絵、みないい感覚だが、それらは友人たちの作品だと聞いて、盧さんのような若者がこの国にまだいっぱい居ることが実感された。

ソウルの仁寺洞の店で、銅製品を買ってくれるのはヨーロッパ人と日本人が多く、アメリカ人はほとんど買わないという話もおもしろかった。大量生産には応じられず、こつこつ作ったものを妹の店に置き、それで暮しは十分成り立つという。

もう夕暮になっていた。ここではさぞかし星もきれいに見えるだろう。さえぎるものとてない空。

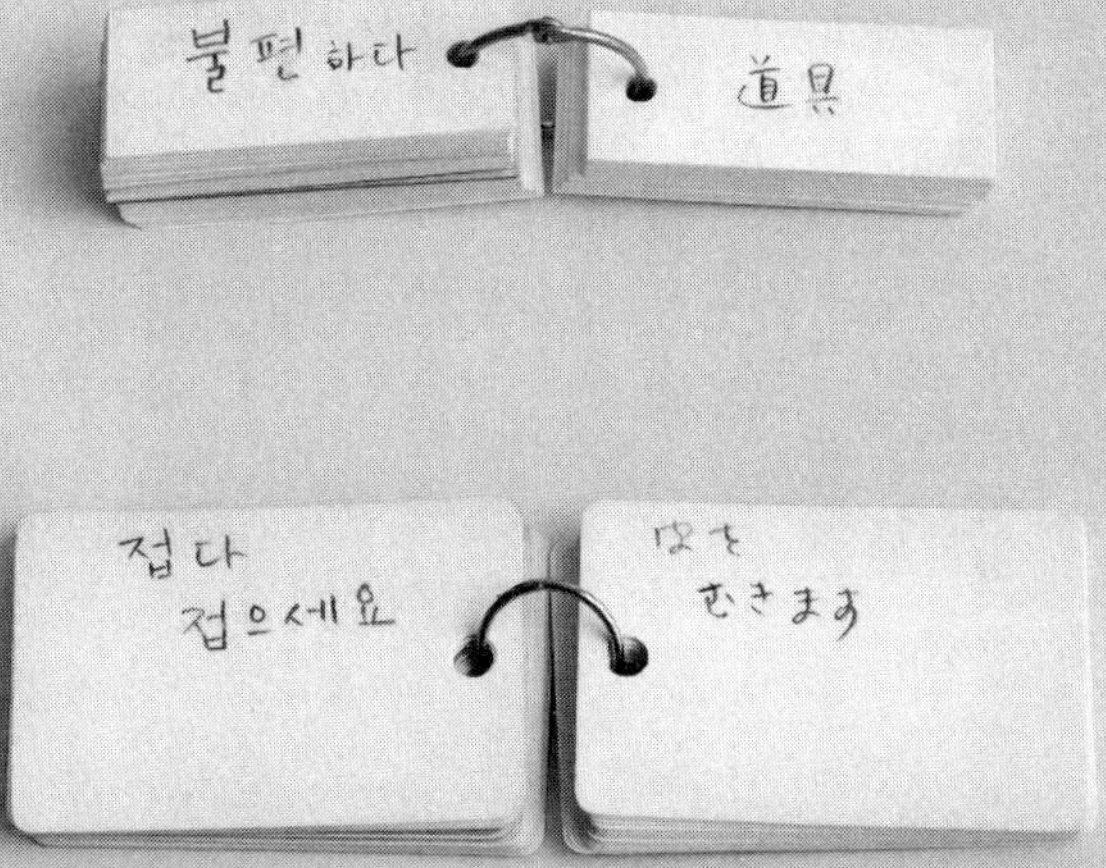

불편하다
道具
접다
접으세요
むきます

百坪あまりの住宅兼工房には、余分の部屋もなく、二人の青年助手はたぶん夜は帰るのだろう。廻りには人家一軒もない山のなか。

「夜なんかさびしくありません?」

と聞くと、

「ちっとも」

という答が返ってきた。「強いんですね」とおもわず呟いてしまった。強そうな犬が三匹よく吠えていたし、それ以上にやかましく二羽の家鴨《あひる》ががなりたてていた。

この家鴨は朝、盧さんの部屋の戸を外から嘴《くちばし》でコンコン叩き「起きろ、起きろ」の猛烈モーニングコールをやるそうである。

心が賑やかで、充実している人は、環境のさびしさなんかたしかに物の数ではないのかもしれない。

これを書いている今、電燈を消して、買ってきた燭台に火を点じてみる。炎をみつめていると、盧姉妹のたたずまいが手の届きそうな近さでよみがえってくる。

蠟燭に書かれているハングルは、古い詩か、僧の言葉かわからないけれど、こんなふうに読める。

青山は私を見て無言で　生きろという
蒼空は私を見てさりげなく　生きろという
むさぼる心を捨て　怒りからも解脱して
水のように　風のように　生きてゆけと

全州《チョンジュ》

ソウルからバスで三時間。

全羅北道の全州は、ピビンバプ（まぜごはん）がおいしいことで有名である。日本人はビビンバアなどとだらしない発音をするが、日本で食べるそれは具も乏しく、あれがピビンバプと言われれちゃ困ると思うほど全州のそれは豪華美味である。

全州は食べもののおいしいところとして知られているが、その理由は昔から湖南《ホナム》地方と呼ばれる穀倉地帯で、食べものにけちけちしなかったからだろうと言われる。湖もないのになぜ湖南か？ という私の質問に、ある韓国人があまり自信はなさそうに答えてくれた。

「たぶん、田に水が張られる頃、月光にきらきら輝くたんぼが湖のように見えたんでしょう」

全州のピビンバプは御飯の上にたっぷりの肉と、もやし、にら、ぜんまいなど二十種類のナムル（野菜の和えもの）、卵などが載っていて、それに唐がらし味噌を加え、豪快にかきまぜ、スプーンで押しつぶすようにして食べる。

日本人の食べかたは、ちらしずしを食べるときのように具はそのままに端からきれいにかたづけてゆくが、そんな食べかたじゃピビンバプにならないと言われる。

こちらの人はライスカレーを食べるときもぐちゃぐちゃにかきまぜて食べる。よほどこね合せるのが好きらしい。

全州のピビンバプのもう一つの特徴は、うっかり触れたらやけどしそうな熱い石鉢に入って出てくることである。いったん熱したらなかなか冷めにくい石の性質をたくみに利用していて、最後までなんとも言えないあたたかさで食べ終る。しかも底にはかすかなおこげまで出来ていておいしい。

調理場を見せてもらったが、強力な焔がふきあがるガスレンジの上に、十以上の石鉢が並んでいるさまは壮観であった。

石の文化と言っていいほど、石仏、石塔、石燈、石塀などの目立つ国だが、昔から石の性質を熟知し我がものとしてきた人々であったわけだ。居間や応接間に石のコレクションを飾った家も何軒か見たし、石への憧憬にはなみなみならぬものを感じる。

話は飛ぶが、飛鳥に酒船石と呼ばれる巨石があり、これが何に使われたのか未だに定説がなく謎とされている。酒つくりにでも使われたのだろうというこ

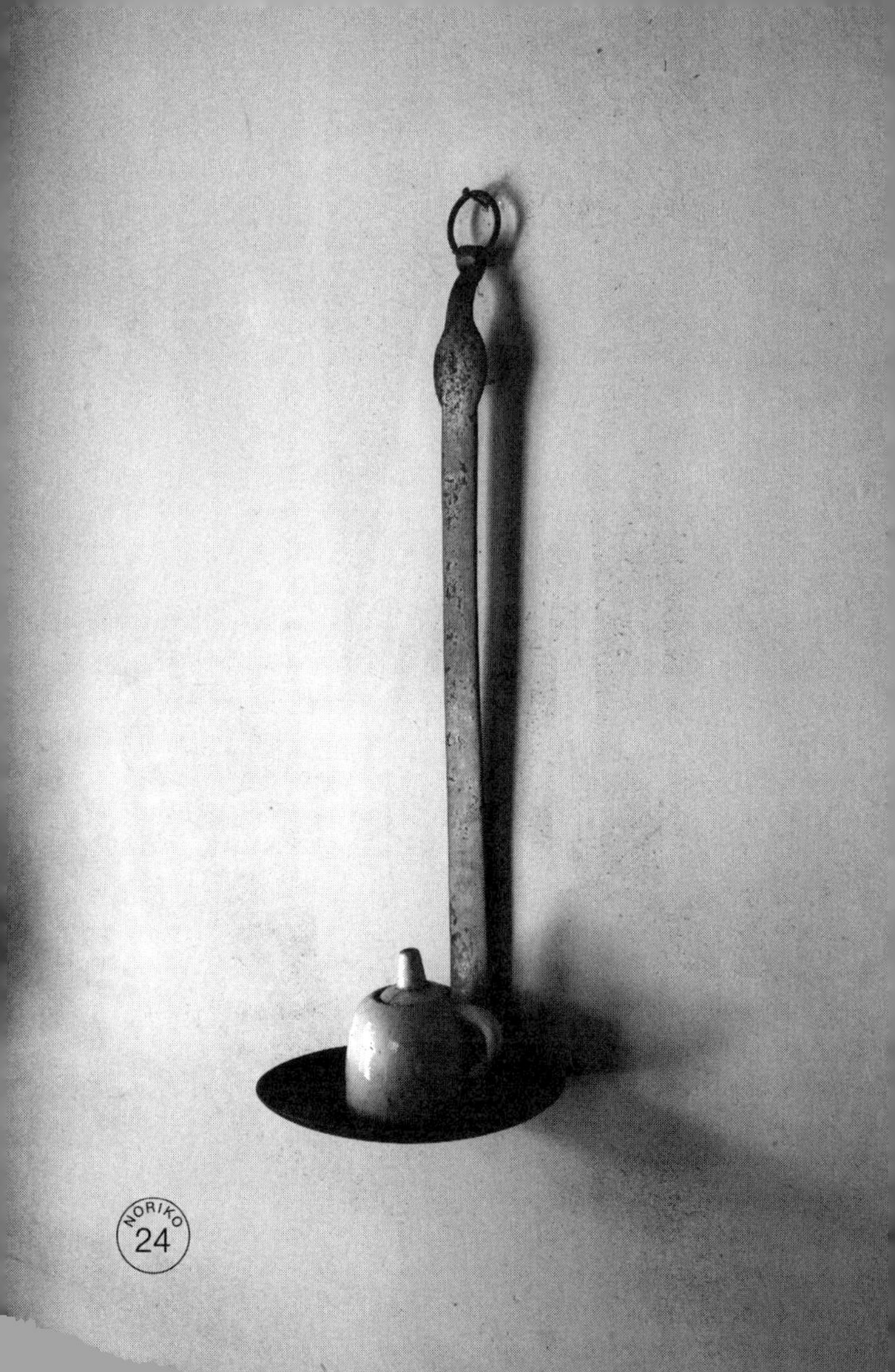
NORIKO
24

とで酒船石と名づけられている。いつか半島の南、楽安《ナガン》という小さな村を訪れたときアッ！　と思ったことがある。

川の流れの段差のあるところに、この酒船石にそっくりな幾何学模様の巨石が斜めに立てかけられ、その上をそうそうと川水が流れている。女が一人そこで洗濯をしていた。石鹼のなかった時代、石に彫られた幾つかの溝はまたとない洗濯板の役目を果したのではなかったか？　洗濯機の登場した今でさえ、彼女は伝統的洗濯法に従っていた。

飛鳥に石の文化をもたらした渡来系の人々が、長い歳月のあいだに奈良や京都へと去り、打ちすてられた洗濯板はやがて皆から忘れられていった。でもなぜあんな丘の上に？　当時はあそこに渓流があったのだ……そんな空想をかきたてられたことがある。ほかにも何に使ったのかわからない石造物が沢山あり、飛鳥原住民にとって石の文化はやはり異文化めくものだったのかもしれない。でなければ記憶がこんなふうに欠落してゆく筈がないではないか。

石鉢のなかのピビンバプをこねまぜていたら、暮しのなかで今も息づいている石の文化をひしひしと感じ、私たちのついに知らなかった、石の食器の生まれるところを見たくなってしまった。

人口四十万人の全州市は、全羅北道の物産集散地でもあり、街にはいくつかの工芸店がある。石鉢、石鍋の並べられた新光工芸社という店に入って、これらの石器はどこで作られているかを尋ねた。

全州市から六十キロも離れた長水郡《チャンスグン》で採れる石だという。採石場を見ても仕方がない。石を加工しているところは？　と更に尋ねるとようやく返事が返ってきた。全州の街はずれに工場があるが、探し出せないだろうから私が車に乗せていってあげると、朴《パク》社長みずから運転してくれた。

三十分も走った全州の街はずれに「現代事業社」という大きな工場があった。

敷地いっぱい岩石の山である。

この石は곱돌《コプトル》と言う。辞書を引くと滑石・蠟石と出てくる。石としては柔かいほうなのだろう。許《ホ》社長の話では、李朝時代から始まったということだが、すでに新羅時代、慶州石窟庵《キョンジュソクラム》の如来坐像に見られるように石を削ることにかけ

1950. 4. 3

ては天才的手腕を持っていた人々だから、石板の上で肉を焼くぐらいのことは紀元前から知っていたんじゃないだろうか？　という思いがチラと頭を掠める。

昔は手彫りで、こつこつ彫り抜いてゆき、主に李朝の王室に納められ、また中国への大事な献上品としても使われたという。

高熱に耐え、使っているうちに鉄かと思うほど強くなり、漢方薬を煎じるにもよく、탕《タン》（汁もの）など骨まで柔かになり、ロース焼きも絶品。大事に扱えば百年くらいの寿命を保つ。使用年数が長いこと、石から出る成分がからだにいいことから、昔はこの石の採れるところを長寿郡《チャンスグン》と言ったが、音は同じでも今は長水郡《チャンスグン》と変った。この石からどんな成分が抽出されるのか、それはよくわからなかったが、ソウル大学で分析してもらって証明済みと許社長は胸を張った。

社長の話はいいことずくめだったが、その客観性はともかくとしても、大昔から人間が使ってきた自然のものは危なげがない。それは皆が本能的に知っていることである。

工場のなかを見せてもらった。

石切り場は、もうもうと石の細粉が霞をなして、いくら良い成分が入っている石とはいっても思わず鼻を掩《おお》わずにはいられなかった。働いている人たちはマスクをしたり、していなかったり。石切り、型抜き、今はすべて機械化されているが、形は古型を保っている。

蓋つきの솥《ソッ》（釜）は、日本のそれに比べると押しつぶしたような平べったい形で、釜に限らず容器の形が日本の造型とは微妙に異なり、それがまたえもいわれぬ風合いを感じさせてくれる。この石釜で炊いた御飯の味を知っている人は、もはや他の釜で炊いた御飯は食べられないくらいおいしいそうである。된《ティン》장《ジャン》 찌《チ》개《ゲ》（味噌鍋）の一人前用の石器やら、焙烙《ほうろく》やら、倉庫にはこのふっくらと美しい石の製品が山積みである。角度を変えてみれば、石鉢や石鍋など、花器にもふさわしいだろう。水を張って、摘花した余分の花を浮かべてもぴったりきそうである。

馬上盃というべきかワイングラスと言うべきか、石で出来た盃もあり、これで呑むお酒はさぞ冷え冷えとおいしいだろうと思う。完成品を運んできたおじいさんに年を聞くと六十六歳と答えた。

「健康に注意なさって、元気に働いて下さい」

韓国語で最大級の敬語で言ったのだが、こちらの言葉が通じたのか通じなかったのか、悠然たるほほえみだけが返ってきた。

これらの製品は主に、香港、台北に輸出して喜ばれているという。中国系の人々が一番その良さを認識しているのかもしれない。

許社長が自信満々見せてくれたのが、底は石、まわりはアルミニウムという合成の鍋で、耐熱ガラスの蓋がついている。石の良さを残し、かつ軽いものをという意欲のあらわれとも見える。

石鍋や焙烙など一つ買って帰りたいと思うものの道中のことを考えると、石の重さについ二の足をふんでしまう。そういう石の弱点を克服したいのだろう。ただ私の好みから言えば、いくら持ちおもりがしても昔ながらの部厚い石だけの製品のほうに心惹かれる。

もう一つ目を引いたのは、子供や若者の野外でのバーベキュー用に作られた丸型の石板だった。それにはラケットをくるむような布製の袋までついていて、ペアになっている。遠足やキャンプの時ぶらさげていって楽しむのだろう。石工文化もまた、新たに現代に生きる道を模索しているのだった。

これらの製品は、全州まで来なければ買えないのかと尋ねてみると、ソウルの東大門市場、南大門市場にも卸しているという。

帰りがてら、もう一度工場を振りかえってみる。荒涼たる岩石の山。

この石の中から、あのまろやかで、あたたかみのある形を採り出してきた発想、ずっと受けついできた手仕事、遠く遥かな人々のことを、憶《おも》わないわけにはいかなかった。

南原《ナモン》

南原市へ向う。

全州市から一時間弱。道ぞいに柳の並木が連なり、さっさっと風に吹かれているさまは隣国ならではの風景である。都市に緑や街路樹が少なく、地方に行けば行くほど街道ぞいに、ポプラ、柳、すずかけの並木が美しくなってくる。ちょうど、れんぎょう（ケナリ）が真盛りで、ゆで卵の黄味を裏漉しして惜しげもなくふりかけたような鮮かさ。遠くから見ると、土が供してくれる年に一度のミモザサラダのようにも見える。

低い峠を越えるとき、春香峠という看板が目に入った。南原は「春香伝」の舞台となったところである。春香伝《しゅんこうでん》と読みたいところだが、春香伝《チュニャンジョン》と読まなければならない。

パンソリという語りものになり、オペラになり、舞台になり、映画になり、物語はこれ一つか？　と思われるほど、人々に愛されている話である。身分違いの恋の成就、春香の貞操観念の強さ、この二つが物語のポイントのようだ。

버선밭《ポソンバッ》（足袋畠）というところもあり、ソウルへ発つ恋人を泣く泣く見送った春香が、別離の哀しさきわまって、足袋を脱いで抛《ほう》り投げ、それはたちまち

足袋の形をした、小さな畠になったというのである。

この国では、女が素足を見せることは慎しみのないこととされ、現在でも夏、ソックスを穿いている女性が多く、躾《しつけ》のきびしい家では、兄の前でさえ素足を見せることはないという。儒教から来たものかもしれないが、また特別、足にエロティシズムを感じるのかもしれず、そういう美意識は中国とも共通のような気がする。「素足に下駄」に粋《いき》を感じてきた私たちとはずいぶん違う。

春香が足袋を脱いで投げたのは、相許した仲という表明だったのだろう。もともと語り伝えられた原話があったのかもしれず、長い間かかって民衆が更に作りあげていった説話なのかもしれない。ただ春香があまりにも理想の女性として神聖視されているのを見ると、かえって逆に、いかに貞節を保ちがたいお国柄だったか？　とも思われてくる。

南原は春香で持っているような街だった。れんぎょうやつつじの咲きこぼれる頃、春香峠を越えるのはわるくなかった。けれど南原を訪れたのは、春香の跡を辿るためではなかった。

南原のもう一つの特産——木工品を見たかったのである。

街はずれの大林《テエリム》工芸《コンエ》社《サ》を訪ねてみる。数年前訪れた時には、ここで膳、盆、木盤などさまざまなものを作っていたのだが、今は手狭になって大半は新工場の方に移ったという。

ここでは主に祭器《チエギ》を作っていた。高坏《たかつき》に似た形。祖先の法要に菓子や果物をこんもりと盛って捧げる供物用である。

木を挽き、面取りをし、ろくろで形づくってゆく工程は、どこの国の木地師とも共通のようだったが、韓国には韓国独特の方法があるのかもしれない。本職の人が見れば一目でわかるだろうが、素人目には同じように見える。堆《うずたか》く積まれた祭器の山は、需要の多さをしのばせてくれたが、この祭器にもおのずから上等品、下等品があって、どんな祭器を使って法要するかがその家の格づけにもなるらしい。

ここの祭器は、栗の木、ヤシャを使っている。ヤシャは、かつて日本人がつけた名だと言うから、たぶんヤシャブシ（夜叉五倍子）というカバノキ科の木ではないだろうか。

膳を作っているという新工場のほうも見学したくなって、また車で四十分ばかり、山々の方角へ向う。

そこはちょうど全羅北道《チョルラプクト》・全羅南道《チョルラナムド》の、道境に近い引月《インウォル》という村だった。めざす工場は「大林工芸智異山《チリサン》工場」と書かれている。

ああ、智異山のふもとであったか！　はるばると来たものだ。智異山は国立公園で、深い山岳地帯であり、その北麓に辿りついたわけである。ここまで来て、ようやくわかった。「木工は南原」と皆が言うわけが。

木を伐り出し、乾かし、細工するのにもっとも近い町が南原だったわけである。たとえば外国人が、

「飛騨や信州は、なぜ木工が盛んなのですか？」

と質問してきたら、

「山々が深く、木が多かったからでしょう」

と答えるしかない。まったく自然で、変哲もない理由なわけで、

このたび私 ○○○○年 ○月○日
○○にて この世におさらばすることになりました。
これは生前に書き置くものです。
私の意志で、葬儀・お別れ会は何もいたしません。
この家も当分の間、無人となりますゆえ、
弔慰の品はお花を含め、一切お送り下さいませんように。
返送の無礼を重ねるだけと存じますので。
「あの人も逝ったか」と一瞬、たったの一瞬
思い出して下されば それで十分でございます。
あなたさまから頂いた長年にわたるあたたかな
おつきあいは、見えざる宝石のように、私の胸に
しまわれ、光芒を放ち、私の人生をどれほど豊かに
して下さいましたことか……。
深い感謝を捧げつつ、お別れの言葉に代えさせて
頂きます。

ありがとうございました。

○○○○年 月 日

「なぜ南原で木工が発達したのですか？」

という質問を私はぐっと飲みこんだ。

智異山工場は、昨年新しく出来たのだそうで、膳や盆の需要もまた大きいのだろう。

明るい工場は流れ作業になっていて、膳を組み立てる者、トノコ（砥粉）を塗る者、五回の漆塗り、乾燥室、水とサンドペーパーによる磨き、すべて分業でL字型の工場を順序よく流れている。

木はアカマツやハリギリ、横桟にはクヌギなどドングリの木も使う。一番上等な膳は銀杏の木で作ると聞いたことがあるが、은행《ウネン》（銀杏）の名は出てこなかった。

膳は一人用から、二人用、四人用、六人用、八人用と偶数で増えてゆき、形も十五種類ぐらいあり、ほとんど古型を保っている。

韓国の一般家庭でも、座卓や椅子テーブルで食事することが多くなったように見えるのだが、まだまだ膳の活躍する舞台はあると見える。日本でも私の子供の頃までは、祖母の家など皆がそれぞれ自分用の膳で食べていたものだが、今ではもう、温泉宿での宴会の時ぐらいしかお目にかかれなくなってしまった。

漆は栗いろ一色だが、옻칠《オッチル》（本漆）は高価になるので使っておらず、もっぱらカシュー系塗料である。日本に漆を買いつけに来た韓国人を案内した友人の話を聞いたことがあるが、輸入品であれば高くつくことになるだろう。もともと漆の木が少ないのかもしれない。

日本の漆器工芸の水準は高く、日本産の漆の質もいいのだが、全体の一パーセントぐらいしか使えず、大半は中国、台湾、タイなどからの輸入に頼っているらしい。

本漆の品格に比べると、カシュー系塗料は劣るけれど、黒や朱ではなく栗いろであることで、その感触はやや救われている。熱に強いということもあるだろうし、ふだん使いの膳としては、それなりの利点もあるだろう。

賄いのおばさんが、

「식사《シクサ》예요《エヨ》！　식사《シクサー》！（食事よ！　食事！）」

と大声で呼ばわると、二十人くらいの職人が、三々五々集ってくる。ちょうどお昼どきになっていた。チラと食堂を見ると、大きなテーブルに椅子だった。膳を作りながら、膳では食べていないところがおかしかった。

事務室で、インスタントコーヒーを御馳走になりながら、また少し話を聞いていると、寡黙で実直そうな工場長がポツンと言った。

「昔はみんな山の中で仕事をしたものです」

昔とはいつ頃のことだろうか、工場長の祖父の時代だろうか、もっと前のことだろうか。

山のなかに小屋がけをして、山の霊気のなかで黙々と仕事をした人々の姿が、ふっと眼前をよぎる。

柳宗悦の先導をなしたと言われる、林業技師の浅川巧は、民家でふだん使っている膳の美しさに目を奪われ、『朝鮮の膳』（一九二九年）というすぐれた研究を残している。

浅川巧が魅せられた頃の膳は、山のなかでの仕事だったのだろうか、そして本漆が塗られていたのだろうか、その頃すでに彼は、漆田の育成を提案しているのだが。

工場長がまたポツンと言った。

「うちの商標はむくげ（ムグンファ）です」

机の上に置かれた八角形の木盤をそっとひっくりかえしてみると、なるほど底に、小さなムグンファが一輪、化学うるしの下で、ぼうと咲いていた。

「別冊太陽」一九八七年七月

逆引き図像解説

NORIKO 1
東伏見の自宅玄関　19頁
一九五八年、三十二歳で西東京市東伏見に自宅を新築。表札には婚家の姓の三浦とペンネームの茨木がならぶ。

NORIKO 2
リビングにて（撮影：谷川俊太郎）一九六九年　20頁
当時四十三歳、自宅2階は生活と創作の空間だった。

NORIKO 3
割烹着姿で　一九五八年　23頁
詩作と家事を両立させる毎日。料理上手で、来客があれば腕をふるった。ナンのチキンカレーは絶品。

NORIKO 4
リビングから見た食卓　26頁
左のリビングチェアは詩「倚りかからず」に登場したスウェーデン製の椅子。夫・安信の希望で購入した。

NORIKO 5
調理道具が掛かるキッチン　32頁
コンロ脇の壁には当時の生活のまま、調理道具が残る。

NORIKO 6
好みの品がならぶ飾り棚　33頁
街や旅先で買ったお気に入りの陶器や民藝品たち。

NORIKO 7
料理スクラップ帳　37頁
気になるレシピは切り抜いて保管。何冊も溜まった。

NORIKO 8
ポートレート　ベタ焼き（撮影：谷川俊太郎）　42頁
好みの顔写真がないからと、詩人・谷川俊太郎に撮影を依頼。友人が構えるカメラを前に笑みがこぼれる。

NORIKO 9
見合い写真　二十一歳の頃　一九四七年　49頁
安信との結婚の二年前に母の故郷・鶴岡で撮影。

NORIKO 10
鉄棒をわたって　52頁
十歳の誕生日に故郷西尾で。元気いっぱいの少女時代。

NORIKO 11
ポートレート（撮影：谷川俊太郎）　58頁
谷川撮影のオフショット。ふだんはメガネを着用した。

NORIKO 12
書斎　66頁
夫と共用した6畳ほどの書斎。自宅の収納の多くは造りつけで、クェーカーの部屋のような簡素な設計。

NORIKO 13
自筆原稿「急がなくては」　70頁
詩集『歳月』（花神社）に収録された詩篇の手書き原稿。いつも2B～6Bの柔らかい鉛筆で詩を綴った。

NORIKO 14
玄関の照明スイッチ　77頁
スイッチカバーやドアの把手など金具は真鍮で揃えた。

NORIKO 15

ハングルの本がならぶ書棚　78頁
現代韓国の詩集やスクラップ帳を収めた書棚の一角。

NORIKO 16

「ビスケット工場(こうば)」誌面切り抜き　82頁
雑誌「ディズニーの国」に詩を寄稿。イラストは和田誠。ファッション誌「装苑」でも詩を連載した。

NORIKO 17

寝室の引き出し　87頁
のり子のNと夫・安信のY。イニシャルを目印に。

NORIKO 18

ベッドサイドの小物たち　96頁
小鳥のオブジェが家の至るところに飾られている。

NORIKO 19

詩誌「櫂(かい)」10号　106頁
二十代のころ詩人・川崎洋とともに創刊した詩誌「櫂」。

NORIKO 20

「櫂」のメンバーと　一九五三年　113頁
初の例会が開かれた谷川俊太郎宅の庭で。前列右から茨木、舟岡遊治郎、後列は水尾比呂志、川崎洋、谷川。

NORIKO 21

レコード『Young vs. Old』ピート・シーガー　117頁
片桐ユズルの英訳「わたしが一番きれいだったとき」に米フォーク音楽の巨匠ピートが曲をつけた。

NORIKO 22

寝室に飾られた絵や写真　120頁
夫が描いた茨木のり子のデッサン（左）、夫の幼少期の写真（右上）、芸術家・髙瀬省三から贈られた絵（下）。

NORIKO 23

ハングル単語カード　130頁
「隣の国の言葉ですもの」と、五十歳からはじめたハングル学習。単語を一から学んで、韓国の詩人とも交友。

NORIKO 24

玄関に掛けられた韓国の陶器　135頁
真鍮の燭台に小さな白磁。朝鮮の民藝に心をうばわれ、「別冊太陽」の取材旅行では各地の工房をたずねた。

NORIKO 25

夫が描いた肖像　138頁
夫・安信は絵が得意でよく肖像を描いた。所沢に住んでいたころに新聞紙に描かれ、大切に保管された一枚。

NORIKO 26

お別れの辞　147頁
静かな最期を望んで、死の前に書きおいた親しい人への手紙。遺志により葬儀や偲ぶ会は行わなかった。

NORIKO 27

夫とふたりで　一九五三年　152頁
愛知の吉良吉田海岸で。25年間の結婚生活をともに歩んだ夫は最大の理解者で、同志だった。

この人

茨《いばら》木《ぎ》のり子《こ》

詩人（一九二六〜二〇〇六）

本名・三浦のり子（旧姓・宮崎）。大阪生まれ。愛知県西尾市で育ち、十九歳で終戦を迎える。二十代で詩作をはじめ、川崎洋と詩誌「櫂《かい》」を創刊。日常的な言葉で女性の気持ちをみずみずしく綴った『自分の感受性くらい』（花神社）、『倚《よ》りかからず』（筑摩書房）など8つの詩集を発表し、「現代詩の長女」と称された。私生活では、みずから設計にたずさわった東伏見の家で夫とくらし、家事とともに詩作をつづけた。夫亡きあと自宅で書き溜めた詩稿は、没後に『歳月』（花神社）として刊行。

あの人

金子光晴、石垣りん、花森安治

生き方を学んだ人

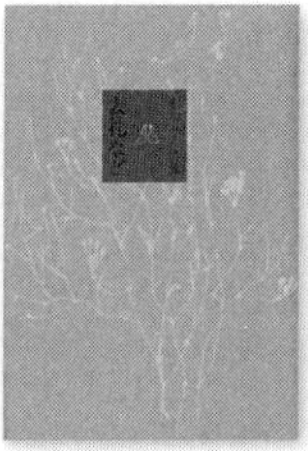

長電話した友人

愛読誌の編集長

『個人のたたかい――金子光晴の詩と真実』
茨木のり子 著（童話屋）
自分自身の頭で考える――あこがれの詩人・金子光晴が貫いた〝個〟として生きる姿勢を丹念に綴った評伝。詩「倚りかからず」とあわせて読みたい。

『表札など』
石垣りん 著（童話屋）
いつも長電話をした友人で、もっとも高く評価した女性詩人。本書収録のエッセイ「美しい言葉とは」で引用されている詩「崖」を含む第2詩集。

「暮しの手帖」1世紀31号
暮しの手帖社
生活を第一にする編集長・花森安治の考え方に共感して、長年購読。コーヒーや紅茶の入れ方を特集した本号を楽しく読んだことが日記に綴られている。

●本書に収録した作品は以下を底本としました。
詩篇――『茨木のり子全詩集』（二〇一〇年　花神社）
「美しい言葉とは」――『言の葉さやげ』（一九七五年　花神社）
「ものに会う　ひとに会う」――『一本の茎の上に』（二〇〇九年　ちくま文庫）

●初出の詩集
『対話』（一九五五年　不知火社）
『見えない配達夫』（一九五八年　飯塚書店）
『鎮魂歌』（一九六五年　思潮社）
『人名詩集』（一九七一年　山梨シルクセンター出版部）
『自分の感受性くらい』（一九七七年　花神社）
『寸志』（一九八二年　花神社）
『食卓に珈琲の匂い流れ』（一九九二年　花神社）
『倚りかからず』（一九九九年　筑摩書房）
『歳月』（二〇〇七年　花神社）

●表記は旧字旧かなの一部を現代表記にあらため、適宜ふりがなやルビを加えました。

●「くらしの形見」収録品および本文図版クレジット
所蔵・取材協力＝宮崎治　撮影＝永禮賢、サイトウリョウ

MUJI BOOKS　人と物　5

茨木《いばらぎ》のり子《こ》

2017年12月1日　初版第1刷発行

著者　茨木のり子
発行　株式会社良品計画
〒170-8424
東京都豊島区東池袋4-26-3
電話 0120-14-6404（お客様室）

企画・構成　株式会社良品計画、株式会社EDITHON
編集・デザイン　櫛田理、広本旅人、佐伯亮介
協力　宮崎治
印刷製本　シナノ印刷株式会社

ISBN978-4-909098-04-7　C0195

MUJI BOOKS

ずっといい言葉と。

少しの言葉で、モノ本来のすがたを
伝えてきた無印良品は、生まれたときから
「素」となる言葉を大事にしてきました。

人類最古のメディアである書物は、
くらしの発見やヒントを記録した
「素の言葉」の宝庫です。

古今東西から長く読み継がれてきた本をあつめて、
MUJI BOOKSでは「ずっといい言葉」とともに
本のあるくらしを提案します。